KB142757

오동나무 안에 잠들다

길상호

시인의 말

이십 대 후반 치열했던 고민들 중
어느 하나도 풀린 것이 없다
단지 군데군데 흉터가 몇 개 남았고
아직도 시는 아프다
그래도 그때는 없던 고양이들 셋이
야옹~, 냐옹~, 니야옹~
옆에서 함께 울고 있다

잠들어 있던 시집을 깨워
다시 걷게 만들어준 사람들,
'걷는 사람'에게 고마운 마음 전한다.

2018년 여름
길상호

차례

3부 바람과의 대화

4부   다시 일어나는 사람

해설

1부

숨결이
나에게 닿을 때

소리의 집

그 집은 소리를 키우는 집,
늑골의 대문 열고 마당에 들어서면
마루에 할머니 혼자 나물을 다듬거나
바람과 함께 잠을 자는 집,
그 가벼운 몸이 움직일 때마다 삐이걱
가느다란 소리가 들려오는 집,
단단하게 박혀 있던 못 몇 개 빠져나가고
헐거워진 허공이 부딪히며 만드는 소리,
사람의 세월도 오래되면 소리가 된다는 듯
할머니 무릎에서 어깨 가슴팍에서
이따금 들려오는 바람의 소리들,
아팠던 곳이 삭고 삭아서 만들어낸
관악기의 구멍을 통해 이어지는 가락들,
나의 짧은 생으로는 꾸밀 수 없는
그 소리 듣고 있으면 내가 키워온 옹이
하나씩 빠져나가고 바람 드나들며
나 또한 소리 될 것 같은데
더 기다려야 한다고 틈이 생긴 마음에
촘촘히 못질하고 있는 집

그 노인이 지은 집

그는 황량했던 마음을 다져 그 속에 집을 짓기 시작
했다
먼저 집 크기에 맞춰 단단한 바탕의 주춧돌 심고
세월에 알맞은 나이테의 소나무 기둥을 세웠다
기둥과 기둥 사이엔 휘파람으로 울던 가지들 엮어
채우고
붉게 잘 익은 황토와 잘게 썬 볏짚을 섞어 벽을 발
랐다
벽이 마르면서 갈라진 틈새마다 스스스, 풀벌레
소리
곱게 대패질한 참나무로 마루를 깔고도 그 소리 그
치지 않아
잠시 앉아서 쉴 때 바람은 나무의 결을 따라 불어
가고
이마에 땀을 닦으며 이제 그는 지붕으로 올라갔다
비 올 때마다 빗소리 듣고자 양철 지붕 떠올렸다가
늙으면 찾아갈 길 꿈길뿐인데 밤마다 그 길 젖을 것
같아

새가 뜨지 않도록 촘촘히 기왓장을 올렸다

　그렇게 지붕이 완성되자 그 집, 집다운 모습이 드러
나고

　그는 이제 사람과 바람의 출입구마다 준비해 둔 문
을 달았다

　가로 세로의 문살이 슬픔과 기쁨의 지점에서 만나
틀을 이루고

　하얀 창호지가 팽팽하게 서로를 당기고 있는,

　불 켜질 때마다 다시 피어나라고 봉숭아 마른 꽃잎
도 넣어둔

　문까지 달고 그는 집 한 바퀴를 둘러보았다

　못 없이 흙과 나무, 세월이 맞물려 지어진 집이었
기에

　망치를 들고 구석구석 아귀를 맞춰 나갔다

　토닥토닥 망치 소리가 맥박처럼 온 집에 박혀 들
었다

　소리가 닿는 곳마다 숨소리로 그 집이 다시 살아나

　하얗게 바랜 노인 그 안으로 편안히 들어서는 것이

보였다

귀뚜라미, 그 소리

새벽녘 창가에 서면
골목 서성이던 인기척도 끊기고
서서히 그 소리들 밀려들더니
이내 골목은 뚜르르 뚜르르 뚜르르륵
귀뚜라미 울음으로 출렁인다
조용히 그 물결에 귀 적시노라면
담벼락에 줄지어 서 있는
풀잎의 세월을 풀어내고 있는 것이다
뚜르륵 뚜르륵 실패를 돌리며
풀잎의 생을 엮어 놓았던 실 가닥
풀어 되감는 소리, 그리하여 밤새
풀은 저마다 헐거워진 몇 장의 잎을
접곤 하는 것이다
그때 봉숭아는 꽉 쥐었던 손을 풀며
한 줌 잘 익은 씨앗을 던지고
붉게 물들었던 얼굴, 그 꽃잎을
소리의 물결에 한 장씩 띄워 보낸다
눈을 감으면 그 붉은 잎들이

내게로 밀려와 마음에 불을 지른다
귀뚜라미 소리를 들으며 새벽녘
나의 생을 잠시 매듭지어 둔
실 가닥의 끝을 더듬어 보는 것이다

그녀의 실 감기

어두운 방에서 그녀 실을 감는다
실타래 끝을 마른 발로 버티고
이편에서 건너편 세월을 오가며
기억을 정리 중이다
시간이 갈수록 그녀의 손에
하얀 실뭉치는 배가 부르다

그러나 가끔 손가락에 힘을 주어도
엉켜 따라오지 않는 기억도 있다
그때마다 실밥처럼 끊겨 나간 세월이
얼굴에 깊은 주름으로 남는다
주름이 얼굴에 수를 놓는다

한 올 한 올 가닥을 더듬어 보아도
풀리지 않는 그리움 같은 것,
뭉친 자리를 삭은 이로 끊으며
그녀 잠시 허리를 편다
끊은 자리 매듭으로 이으면서

삶의 상처 하나씩 딱지로 아문다

그녀의 살에 새롭게 돋아난 별들
어느새 창문으로 노을이 번지고
그녀, 생의 내면을 가르듯
실뭉치에 빛나는 바늘 하나 꽂는다

나무의 결을 더듬다

그녀가 쓰던 나무 주걱을 꺼낼 때
나는 지나온 길과 만나게 된다
나무의 결을 따라 깊이 새겨져 있는
발자국, 그 소리 따라 걷다 보면
어느새 나를 축축하게 적시는 여자,
돌아오지 않는 사내를 마음에 묻고
그 을음 어두운 부엌에 혼자 서서
뚝뚝 수제비 반죽을 떼내고 있다
주걱 위 새하얀 반죽이
손가락 끝에서 잘려 나갈 때
거칠게 일어나곤 하던 나무의 결들
얼마나 많은 세월을 주걱 위에서
그녀 지워 버렸을까, 끓는 가슴에
하나둘 응어리로 떠올랐을 얼굴
휘휘 저으며 익혀내고 있던 것일까
이제 다시 주걱의 결을 더듬어 보니
그녀 옹이로 단단하게 박혀 있다
결은 옹이 쪽으로 부드럽게 휘어

더 촘촘하게 파장을 그린다
그 상처를 쉽게 지나칠 수 없어
오래 서성이다 흘러가는 것이다
나무의 결을 더듬어 가며 나는
아궁이의 불처럼 뜨겁게 달아오른다

곶감을 깎는 일

햇볕 잘 익은 마루에 모여 여인들이
처마에 매달아 둘 감을 깎는다

좀처럼 떫은맛을 버릴 줄 모르는
단단한 기억들을 가지고 나와 사르륵,
칼날을 빠져나온 껍질은 어느새
과거를 더듬는 뒷길 되어 몸을 뒤튼다

가끔 빈 소리로 농담이 오고 갈 뿐
누구도 자신의 길에 눈을 떼지 않는다
눈물샘이 다시 터질 것 같은 떨림
그들의 가슴을 지나갔기 때문이리라

손마디 까맣게 물들고 저녁이 와서
깎은 감을 실에 꿰어 일어날 때 처마는
한 사람씩 준비한 연등으로 환해지리라

가을 햇살 아래 눈물로 밝아지는 등

여인들은 어두웠던 기억을 밝히기 위해
저마다의 연등을 깎고 있는 것이다

국화가 피는 것은

바람 차가운 날
국화가 피는 것은,
한 잎 한 잎 꽃잎을 펼 때마다
품고 있던 향기 날실로 뽑아
바람의 가닥에 엮어 보내는 것은,
생의 희망을 접고 떠도는 벌들
불러 모으기 위함이다
그 여린 날갯짓에
한 모금의 달콤한 기억을
남겨 주려는 이유에서이다
그리하여 마당 한편에
햇빛처럼 밝은 꽃들이 피어
지금은 윙윙거리는 저 소리들로
다시 살아 오르는 오후,
저마다 누런 잎을 접으면서도
억척스럽게 국화가 피는 것은
아직 접어서는 안 될
작은 날개들이 저마다의

가슴에 움트고 있기 때문이다

씨앗이 되기까지

　겨울은 그렇게 견디는 거야, 대청마루 낡은 거미줄과 함께 오래 매달려 있는 옥수수처럼 하고 싶은 말 있어도 입 꽉 다물고 있는 거야, 장독대 단지의 볍씨처럼 지독한 어둠 속에 갇혀 보기도 하는 거야, 몸속에 생명 하나 품기 위해선 모든 껍질을 바짝 말려야 하지, 네 몸에 지니고 있던 것들 하나씩 허공으로 날려 보내면 한층 눈은 맑아질 거야, 조용히 눈감고 떠올려 보렴, 지난 봄 어둠 열어 주던 빗소리부터 가을 머리 위에서 춤추던 잠자리까지, 그 날개에 빛나던 햇빛까지 말이야, 눈물로 씻어낸 눈이 없었다면 어떻게 그 모든 걸 볼 수 있었겠어, 설마 지금도 들녘에 남겨두고 온 뿌리를 생각하는 건 아니겠지, 이제 뿌리는 어둠 헤매던 꿈 모두 길어 올리고 땅속에 영원히 잠자리를 잡은 거야, 그 휴식은 굳이 흔들어 깨울 필요가 없지, 모든 상념은 버리고 기다리는 거야, 그래, 그렇게 씨앗이 되는 거지, 조금만 참으면, 조금만 더 참으면……

은행잎 지는 날

은행나무 밑에서 더 이상 나는
세월에 대해 할 말이 없네
제 속에 묻은 시간 먼저 화석이 되도록
가지 끝 수천 개 부채로 바람을 불러
활활 생의 불꽃 이어온 나무,

언젠가 그대 곁에 갈 수 있다고
지루한 장대비가 지나던 여름
그 불꽃 꺼질까, 꺼질까 마음 졸이며
안간힘으로 빗물 막아내던 나무

한 장 잎도 접지 못하고
뻐근하게 굳어 버린 그 나무 생각을 하면
그리움으로 혼자 만든 열매들
투둑, 투둑 내 가슴에 떨어지네

눈물로 피식, 쉽게 꺼뜨리고 마는
나의 기다림은 열매를 맺을 수 있을지

오늘처럼 우수수 부채 떨어뜨리며
은행나무 겨울의 불씨 가슴에 담는 날
나는 심장 한 구석이 싸늘해지네

낡은 부채 몇 잎 주워 들고서
식은 불씨만 자꾸 휘젓고 있네

대서소가 있는 골목

널빤지로 덧대 놓은 문짝은
오래 물기가 빠져나가 뒤틀리고
휘어 틈새를 벌린 사연들을
지금은 햇살만 기웃거린다
사무실 노인은 그런 것도 모르고
굽은 허리 의자에 맞추고 앉아
어떤 삶의 내력을 서술 중일까
노인의 몸을 빠져나온 물결도
얼굴이며 손등이며 무늬를 남겼다
그 골 깊은 그림자를 가져다
한 자 한 자 글씨를 써 나가는 그에게
대필은 마음의 그늘을 대신 읽는 일,
먼지 낀 유리창 너머 하늘은
그의 눈처럼 침침해지고
마지막 서명도장을 찍는 노을처럼
읍사무소 뒤편 대서소는 저문다

처마 끝 빗방울

새벽녘 지붕을 두드리면서
깊은 잠자리를 적시던 빗소리,
마루에 앉아 보니 개인 처마의 끝에
아직 빗방울 맺혀 있더군요
다급하게 뿌리던 소리 지우고
풍경風磬처럼 조용히 바람 헤아리다가
뚝, 뚝, 떨어지기도 하더군요
낡은 슬레이트 지붕 고랑을 따라
절박한 난간에 닿은 사람들이
모여 사는 산동네, 그들의 세월처럼
바람은 날줄 씨줄로 엮여 불어갑니다
오래도록 바라보면 빗방울에
저마다의 무늬가 비치곤 하지요
그들 모두 가슴에 햇살을 꽂고
울음처럼 밝게 빛나고 있었습니다
마지막 흔들리던 빗방울 떨어지고
처마를 따라 파여진 자국들이

점점 우물처럼 깊어집니다

고목을 흔드는 새

숲에 들었다가 코코코코콕,
나무를 쪼아대는 딱따구리 소리를 듣고
눈길을 돌리니 팽나무 고목이
온몸을 부르르 떨고 있다
병든 부위 새가 망치질을 할 때마다
몸속에 그어진 나이테가 출렁
원을 그리며 퍼지고
그 물살이 껍질에 닿으면
뿌리까지 흔들리는 나무,
몇 번의 망치질이 이어지면
팽팽했던 나이테 서서히 늘어지고
저 물결도 굳어 버리리라
이미 밑둥치는 뱀처럼 허물을 벗고
훌쩍 시간을 넘어 사라지고 있는
팽나무를 보고 있으면
다리 절고 걸어오는 아버지,
나는 저 거대한 고목에 기대
얼마나 많은 세월을 파먹은 걸까

코코코코콕, 망치질이 나를 때린다

꽃잎 그리는 사람

산수유가 종기를 터뜨리며 아픈 향기를 날리던 날, 그 사람 황량한 마음에 꽃잎을 그려 넣습니다 제 몸 헐어 빈 시간을 메워놓고는 거기 꽃의 문을 하나씩 달아 둡니다 나는 가지 끝에 잘못 맺힌 물방울처럼 얼어붙어 꽃잎 속으로 들어가는 그를 가만히 바라보지요 꽃잎을 삐그덕 열고 들어서는 순간의 그 사람, 어찌 보면 금세 허물어질 집처럼 보이지만 주름이 실뿌리처럼 단단하게 잡고 있는 사람, 그 사람이 들어선 후 산수유는 곪은 자리마다 햇살로 밝아집니다 그 사람이 그려 놓은 꽃잎에 발이 빠진 나만 울긋불긋 열꽃이 피어납니다

늦은 답장

이사를 하고 나서야 답장을 씁니다
늦은 새벽 어두운 골목을 돌아 닿곤 하던 집
내 발자국 소리에 설핏 잠에서 깨어
바람 소리로 뒤척이던 나이 많은 감나무,
지난가을 당신 계절에 붉게 물든 편지를
하루에도 몇 통씩 마루에 올려놓곤 했지요
그 편지를 끝내기 위해 구겨버린 잎들은
모아 태워도 마당 가득 또 쌓여 있었습니다
나 그 편지 받아 읽는 밤이면
점점 눈멀어 점자를 읽듯 무딘 손끝으로
잎맥을 따라가야 했지요 그러면 거기
내가 걸었던 길보다 더 많은 길 숨겨져 있어
무거운 생각을 지고 헤매기도 하였습니다
당신, 끝자리마다 환한 등불을 매달기 위해
답답한 마음으로 손을 뻗던 가지와
암벽에 막혀 울던 뿌리의 길도 보였습니다
외풍과 함께 잠들기 시작한 늦가을 그 편지는
제 속의 불길을 꺼내 언 몸을 녹이고

아침마다 빛이 바래 있었습니다 덕분에 나
폭설이 많았던 겨울 무너지지 않았습니다
오늘은 집에 돌아오는 길가 마늘밭에서
지푸라기 사이로 고개 내민 싹들을 보았습니다
올해는 누가 당신의 편지 받아 볼는지
나는 이제 또 다른 가지를 타고 이곳에 와서
당신이 보냈던 편지를 다시 떠올립니다

겨울 산

아름다운 사람을 기억한다
나무들 함께 휘파람 불던 바람과
그 끝자락에서 날리던 눈꽃들
발자국도 없이 저녁이 오면
가슴 한구석 빈 메아리 쿵쿵 울리고
그리움 눈사태로 무너져 내렸다
세월로 깊어지는 골짜기처럼
골을 파며 조용히 울음 울었다
산짐승처럼 깨끗한 두 눈을 감고
얼음 속 물소리 엿듣곤 하던
입김으로 그 얼었던 마음 풀어 주었던
겨울에는 아름다운 사람을 기억한다

2부
어디로 갔을까

상처가 부르는 사람

도마 위에 쓰다 남은 양파 조각들
아침에 보니 그 잘린 단면에 날벌레들이
까맣게 앉아있다, 거기 모여 있는 벌레들은
식물의 먼 길 바래다줄 저승사자
검은 날개의 옷을 접고 앉은 그들에게
칼자국이 만든 마지막 육즙을 대접하며
양파는 눈을 감는다 가슴에 차오르는 기억을
날개마다 가만히 올려놓는 중이다
매웠던 삶이 점점 사그라지면서 양파는
팽팽했던 긴장감에서 벗어난다
벗기려고 애써도 또다시 갇히고 말던
굴레를 이제 풀고 있는 것, 그리고 보니
나에게도 상처가 불러들인 사람 있었다
그때 왜 나는 붉은 핏방울의 기억을
숨기려고만 했던 것일까 힘들게 온 그에게
술 한 잔 대접하지 못하고 혼자
방문 닫고 있던 것일까, 그래서 나는
지금 더욱 난감하게 갇히고 마는 것이다

속으로 혼자 썩어 가고 있는 중이다

구멍에 들다

아직 몇 개의 나이테밖에 두르지 못한 소나무가 죽
었다
허공을 기워가던 바늘잎 겨우 가지 끝에 매단 채 손
을 꺾었다
솔방울 몇 개가 눈물처럼 선명하게 맺혀 있었다
나무가 죽자 껍질은 허물이 되어 육체를 벗어나고
허연 속살을 살펴보니 벌레들이 파 놓은 구멍이 나
무의
심장까지 닿아 있었다 벌레는 저 미로 같은 길을 내
며
결국 우화에 이르는 지도를 얻었으리라 그러는 동안
소나무는 구멍 속에서 저승으로 가는 길 헤매고 있
었겠지
나무가 뒤척일 때마다 신음이 바람을 타고 떠돌아
이웃 나무의 귀에 닿았겠지만 누구도 파멸의 열기
때문에
뿌리를 뻗어 소나무를 어루만져 주지 못했다
그리하여 벌레가 날개를 달고 구멍을 빠져나가면서

나무는 모든 삶의 통로를 혼자 막아야 했으리라

　고목들이 스스로 준비한 몸속 허공에 자신을 묻듯

　어린 소나무는 벌레의 구멍에 자신을 구겨 넣고 있
었다

　어쩌면 날개를 달고 나방이 된 자신의 모습을 보면
서

　벌레도 알았으리라 살아남기 위해 저지른 죄과는

　어떤 불로도 태워 버리지 못한다는 것을,

　그리하여 평생을 빌며 그렇게 살아야 한다는 것을,

　죽은 소나무 앞에서 나도 솔잎흑파리가 되어 울고
있었다

오래 바닷가를 걸으면

파도가 부챗살처럼 접혔다 펼쳐지면서
비릿한 바람은 나에게 왔다
오래 바닷가를 걸으면
잊고 있던 그대 살내음으로 불어와
어느새 마음 폭풍이 되어 있었다
지금은 모두 얼어 잠든 계절,
하지만 소금 절여진 기억을 향해 바다는
깊은 꿈에서도 몸 뒤치며 그물 던진다
내가 버리고 떠났던 사람들 그리고
나를 버리고 등 보이던 사람들
그물에 걸린 물고기처럼 모래사장 발자국으로
펄떡이며 뒤를 따르고 있다
사는 일이 이렇게
잠든 기억 하나씩 건져 올려
모래사장에 펼쳐 말리는 것과 같은지
바닷가를 걷다 잠시 뒤돌아보면
나를 걷게 한 그 발자국들이 다시
모래바람에 덮이고 있다

나팔꽃 씨를 묻어놓고

재개발지역 홍도동에 갔다가
빈집 담장에 기대 잠들어 있는
나팔꽃씨를 받아 왔다
삼월의 노랫가락 따뜻하게 불어오는
바람과 함께 그 씨 묻어 놓고
지금은 새싹을 기다리는 오후,
일주일이 지났는데 도무지
나팔 모양의 싹은 보이지 않는다
그 까만 태아의 잠은 환한 봄볕에
깨어날 줄 모른다 너무 늦게까지
마른 줄기에 매달려
빈집의 적막을 배운 탓일까
집주인 발자국 따라나섰다
먼 꿈길 돌아오지 못하는 걸까
나의 기다림도 흙에 묻고 물 뿌리면
잡념만 파랗게 돋고
어느덧 나도 내가 버린 빈집이 된다
지금 화분에는 나팔소리 끊기고

더 이상 연주되지 못하는
음표들이 잠들어 있다

저수지에 갔었네

날이 풀리기 시작한 오후
그 저수지에 갔었네

허름한 식당 뿌연 창을 통해
나룻배 한 척 출렁이고 있었네
빈 배의 노를 저어
저쪽 산기슭에 가 닿는 상상을 하다
얼음장에 막혀 돌아와 보니
산이 제 그림자 모서리를 깨뜨려
이쪽으로 밀어 보내 놓았네

그림자는 지난 계절 산이 모아 둔
고통스런 마음이었네
나뭇가지에 긁힌 산새의 가슴이며
음지에서 말라간 풀포기의 뿌리며
나뭇잎의 힘없는 이별까지 품고서
이 겨울 얼음 속에 삭여 내고 있었네

물결이 얼음조각 핥아 녹이는 동안
내 가슴에도 언 그림자 몇이
시린 걸음으로 걸어 들어왔네
호-호―입김을 불어 보아도
쉽게 녹지 않는 그림자,
가슴 가장자리 다시
살얼음이 끼고 있었네

지게와 작대기

그해 바람은 밤마다 마을에 내려와 문풍지를 흔들었다 그런 날이면 아비는 마당에 나와 지게처럼 벽에 기대어 울고 있었다 그의 등에는 항상 텅 빈 어둠이 짐이 되어 놓여 있었고 아들은 잠에서 깨어 문풍지처럼 조용히 떨다 다시 잠이 들었다 가끔 그 잠 속으로 집 떠난 어미가 돌아와 환해진 문에 잘 마른 꽃잎을 붙이고 있는 게 보였다 하지만 아침이 되면 그녀가 붙이고 간 꽃잎은 색이 바래 있었고 바람만이 끄르르륵, 대문을 밀고 나가는 것이었다

그리고 끝내 그 겨울 아비는 스스로 바람에게 세월을 맡겨 버렸다 별이 하늘에 가득차야만 얼굴이 벌게진 그는 바람이 부르는 그 차가운 노래를 따라 부르며 집으로 돌아오는 것이었다 아들은 가느다란 작대기가 되어 그의 노래에 맞춰 비틀거렸다 발이 돌부리에라도 걸리면 엇박자의 길에서 함께 휘청거렸다 하얗게 쌓인 눈길에 두 부자가 찍은 음표들이 따라와 자꾸만 다섯 줄의 끈으로 그들을 동여매는 것이었다

겨울은 새싹이 덮고 봄은 녹음이 덮고 여름은 단풍이 덮고 가을은 눈이 덮고……

어느 날 술에 취해 들어온 아들은 아비 욕을 해가며 씩씩거렸다 나도 이제 바람이 되어 버렸다고, 이제는 바람의 노래가 내 속에 가득 찼다고, 하늘에는 흰 눈이 내리고 아비는 그날부터 다시 엎어져서 울기 시작했다

늦은 밤의 약수터

자정이 다 된 밤
도시는 서서히 잠을 청하는데
샘물만 맑은 목소리로 경 읽고 있는,
늦은 밤에도 두 눈 별빛처럼 깜빡이며
가쁜 숨에도 그 리듬 끊지 않는,
늦은 밤의 약수터 어둠에 묻혀
잠시 그 소리를 듣고 있으면
내 속에 잠들어 있던 그림자가 일어나
문을 열고 나가는 것이다
물의 독경에 영혼이 홀려버린 밤
마음은 비어 환해지고
숲에서 쉬던 고요가 그 빈자리로
부드럽게 흘러오는 것이다
물소리 가는 곳 귀를 기울이니
저기 소쩍새가 내 슬픈 그림자를 물고
밤의 물살을 가르고 있다

사람 없는 집

　벽장이 열려 있다 차곡차곡 이 집 비밀을 쌓아 놓던 보물창고, 도굴이라도 당한 듯 반쯤 열린 문틈으로 어둠만 새어 나온다 손으로 쓸어 보아야 잡혀 오는 것은 허공을 떠돌던 먼지와 이 집에 함께 오래 머물렀을 곰팡이의 흔적뿐, 나는 왜 저당 잡힌 추억 찾을 수 없다는 것 알면서 빈집에 들어선 것일까 그래도 미련이 남아 벌레가 갉아먹는 세월의 귀퉁이에 매달려 쓸모없는 복원 작업을 하고 있는 것일까 하얀 보자기에 싸여 이름만으로 적혀 있던 할아버지, 할아버지의 할아버지와 만나던 족보를 그려 넣고, 상추며 아욱이며 온갖 씨앗들 편지 봉투에 하나씩 담아 내년을 기약하던 어머니 손길을 그려 넣고, 하얗게 빛나던 박하사탕 그 달콤한 기억까지 그려 넣고서 혼자 자물쇠를 채우고 마는 것일까 벽장의 허공이 열려 방의 허공과 만나고 방의 허공이 열려 세상 큰 허공과 만났을 뿐인데 그래도 그게 다가 아니라고 나무가 제 속에 세월 그려 넣듯이 무언가 남는 게 있을 거라고, 사람 없는 집 서성거리며 잡히지 않는 기억의 끝까지 닿아 벽장 속 어둠에 홀로 갇혀

버리고 마는 것이다

새벽을 깨운 문자

방생,의참뜻은무엇이에요
후배에게서 문자가 왔다
새벽 휴대폰의 진동이 화두처럼
곤한 잠 속에 파고들었다
우두커니 앉아 눈감아 보니 나는
삭은 갈비뼈로 노를 저어
많은 골목 기웃대던 물고기,
사랑 때문에 노 하나 부러뜨리고
물살에 휩쓸려 여기까지 왔다
나를 처음 물 안에 내려놓던
손길을 벗어나면서 세상은
거슬러 오르고 싶은 물살이었다
가족을 지나 사랑에게 돌아서기까지
은빛 빛나던 비늘 하나씩 벗겨지고
가슴에는 잃어버린 노의 통증이
혼자 허우적거렸다, 무엇일까
뻐끔뻐끔 말하고 싶어도
소리가 되지 못하는 그것,

몸속 부레는 점점 바람을 잃고
쭈글쭈글 말라가는데 멀리서
풍경風磬처럼 흔들리는 시간들
몸속의 소리를 다 버리고
깡마른 몸으로 저 종에 부딪혀야
마음의 말 한 마디 할 것 같다는 생각,
생각의 물살에 휩쓸리다가 끝내
그에게 답장을 하지 못했다

비 오는 바닷가

갯벌을 걷다가
거기 숭숭 뚫려 있는 구멍마다
누구의 집일까 생각하다가
궁금해 살짝 파헤쳐 보니
게들이 놀라 달아나는 것이다

검게 썩어 있는 모래 구덩이의 집
비를 맞으며 집들 문간에 서 있자니
모래 세월 속에 흘러 들어간
시간들이 보인다
조개껍데기처럼 웅크리고 누워
멀리 떠난 썰물의 노래 그리워하는
사람들이 보인다

달아나는 소라게처럼
남의 것이었던 껍질에 들어
살아온 지도 오래, 스스로의
몸에 맞는 집 하나 갖추지 못했는데

멀리 수평선에서 몰려온 비구름은
뿌옇게 갯벌을 삼켜 버린다

떠나간 썰물은 밀물로 다시
돌아올 줄 모르고
그래도 비린 냄새로 썩어가며
모두 살아가는 것이구나,
빗줄기는 갯벌의 속을 자꾸
파헤쳐 보여 주는 것이었다

강아지풀

지난 세월 잘도 견뎌냈구나
말복 지나 처서 되어 털갈이 시작하던
강아지풀, 제대로 짖어 보지도 못하고
벙어리마냥 혼자 흔들리며 잘도 버텨냈구나
외딴 폐가 들러 주는 사람도 없고
한 움큼 빠져 그나마 먼지 푸석한 털
누가 한 번 보듬어 주랴, 눈길이나 주랴
슬픔은 슬픔대로 혼자 짊어지고
기쁨은 기쁨대로 혼자 웃어넘길 일
무리 지어 휘몰려 가는 바람 속에
그저 단단히 뿌리박을 뿐, 너에게는
꽃다운 꽃도 없구나
끌어올릴 꿈도 이제 없구나
지금은 지붕마다 하얗게 눈이 내리고
처마 끝 줄줄이 고드름 자라는 계절
빈집에는 세월도 잠깐 쉬고 있는 듯
아무런 기척 없는데 너희만 서로
얼굴 비비며 마음 다독이고 있구나

언 날이 있으면 풀릴 날도 있다고
말없이 눈짓으로 이야기하고 있구나
어느새 눈은 꽃잎으로 떨어져
강아지풀, 모두 눈꽃이 된다

만리포에 가다

지나온 길 돌아보면 아득한데 아직도 닿을 길 보이지 않네 어두운 생각만 밀려들어 잘 빠지지 않고 나는 물끄러미 뒤따라온 발자국 헤아리고 있었네 사랑에 잠겨 출렁이던 기억도 모래벌판에 물결무늬로 남아 나는 더 목이 말랐네 여기저기서 껍데기들의 노래만 사각거렸네

커다란 산맥으로 일어나 다가오던 파도 거품으로 사그라지고 그래도 세상 깊이 껴안아 본 사람은 주저앉지 않는다고 귓바퀴에 속삭이는 바람, 삶의 푸른 깊이가 두렵기만 한 나는 파도의 끝자락에 서성일 뿐이네 내가 끌고 온 발자국들 물속에 몇 방울 기포만 남기고 사라질 때까지 그 자리 떠날 수 없었네

다시 거쳐야 할 길이 만 리나 될지 또는 어디서 끊기고 말지 이제는 다시 일어나야 한다고 수평선에서부터 저벅저벅 걸어오는 생각들, 땅이 제 한쪽을 허물어 백사장으로 길게 드러눕듯이 나는 무너지는 마음까지

다독거리며 만리포를 거닐었네

사람 없는 집 2

문패만 걸려 있는 집이 있다
바람 찾아와 두드리면 삐이걱
아픈 몸을 열어 주는,
사람이 살지 않는 그 집에서
풀들만 어지럽다 흙벽 틈새까지
뿌리박은 풀잎은 싱싱하다 그래
이름만 걸고 사는 사람은 가라
음지 양지 푸르게 덮어놓을 것이니
사랑 없는 사람은 가라
그러나 구석마다 늘어진 거미줄
황량함이 자꾸 걸려든다
가끔 풀잎 사이 냉이꽃 피어 있어도
소리 없는 풍경은 쓸쓸하다
울음과 웃음 뒤엉켜
왁자지껄 노래하는 사람 없을까
사람 없는 집에서 문패를 보며
떠나간 이름이 몹시 그립다

수몰 지구

물속에서 모습을 드러낸 마을, 나는 그 마을 이름도 기억할 수 없습니다 물에 갇혀 있는 동안 모든 것이 허물어졌으므로 별다른 이름이 그곳에는 어울리지 않습니다

유물처럼 남은 돌담들, 한때 가족들의 삶을 지키던 성들은 시퍼런 수압에 함락되고 장독의 파편이며 여물통, 절구통, 저마다 움푹 파인 가슴에 눈물을 담고 차마 울음은 삼키고 있었습니다 피곤한 몸을 눕히던 구들장 아직도 반듯하게 햇살로 달구어져 따뜻한 꿈을 꾸는 모양인데 떠나간 사람들 모두 어디서 행복할까요 세월이 물때처럼 층층이 쌓이면 사람도 하나씩 허물어지고 그들 또한 결국 세월로 스미겠지요 여름이면 집집이 그늘을 만들던 나무들 이제 뿌리도 썩고 애써 기억을 한 잎씩 붙여 놓아도 피어나지 못한다는 걸 깨닫습니다

장마가 지고 또다시 물속에 갇히게 될 마을, 그래도 아픈 상처마다 메꽃 줄기가 덮여 있었습니다 그 조그만 잎사귀들이 상처의 자리 손을 뻗어 어루만지며 가

끔 꽃망울로 울음 터뜨리고 있었습니다

배웅을 다녀오다

그 사람의 마지막 길 배웅하며
나는 큰 절 두 번을 하고
소주 두 병으로 목을 축였다
울지 못할 바에야 웃으며 보내는 거라고
사람들 환한 등불 아래 날벌레처럼 모여
취기에 날개 접고 앉아 있었다
간간이 곡으로 손님을 맞는 상주의 얼굴이
바람에 떠는 조등처럼 흔들릴 뿐
영정 사진의 그 사람은 웃고 있었다
태풍이 다녀간 지 얼마 안 되는데
그 사람 가야 할 길 끊기지 않았는지
술기운을 타고 걱정이 올라오기도 했지만
이미 그것은 산 사람의 몫이 아니었다
술에 취했어도 감히 내가
욕심내지 말아야 할 생각이었다
배웅을 마치고 발길을 돌리는데
불어난 강 개구리들만 목놓아 울었다

집들의 뿌리

어디로 이어졌는지 아직 다 걸어보지 못한
골목들은 거기 감자처럼 달려 있는 집의 뿌리였다
이제야 알게 된 것이지만 골목은
기쁨과 슬픔을 실어 나르던 체관과 물관이었다
다 허물어져 알아볼 수도 없는 이 집에 들러
대문을 열고 드나들었을 사람들 떠올려보면
지금은 떨어져 버린 기쁨과 슬픔의 열매가 보인다
막 화단에 싹틔운 앵두나무에는 나무를 심으며
앵두꽃보다 먼저 환하게 피었을 그 얼굴이 있다
마루에 앉아 부채질로 하루를 식히다가 발견한
그 붉은 첫 열매는 첫 입맞춤의 맛이었을까
그러나 저기 마루 밑에 버려진 세금고지서 뭉치,
대문에 꽂힌 저 종잇장을 들고 앉아 있는
그의 얼굴에는 누렇게 변색된 나뭇잎 하나 걸려 있
다
체납액이 커질수록 가뭄처럼 말라가던 가슴은
지금도 금 간 흔적을 지우지 못하리라
어쩌자고 골목은 나를 빨아들여

사람도 없는 이 집에 데려다 놓은 것일까

　오래도록 먼지와 함께 마루에 앉아 있으면

　내가 드나들던 집에 나는 기쁨이었는지 슬픔이었는
지

　물기 잃은 잎처럼 시들해진다

어부동에 갔었네

어부동으로 가는 내리막길은
물속으로 이어져 있었네
과거 속으로 누구도 들어설 수 없다는 듯
접근 금지 경고판이 그 입구를 막고
그래도 마을 모습 궁금해하던 나를
자꾸만 물살이 밀어내고 있었네

나는 떠밀려온 플라스틱 병처럼
물가에 쭈그리고 앉아
햇살이 물고기 비늘처럼 반짝였을
그 강에 상상으로 닿고 있었네
파도가 칠 때마다 모습은 부서졌지만
끊길 듯 끊길 듯 뱃노래가 들리고
어망 가득 담겨 펄떡이는 햇살,

잠시 하늘을 보면
타이어 자국처럼 눌어붙은 구름 한 자락,
물때 낀 마음 닦으러 왔던 것인데

물수제비로 가 닿던 상상이 가라앉자
파문만이 가슴에 길게 퍼졌네

터미널에서의 낚시질

사람은 많은데 그 사람은 없다

터미널 대합실 의자에 앉아 그 사람의 그림자에 낚시를 던진다 바늘 끝에 매달아 놓은 미끼는 그대 내 곁에 머물던 날들의 추억들이다 비슷한 기억으로 아파했던 사람들 가끔 곁눈질로 다가와 미끼를 건드리면 나는 실 가닥을 타고 전해지는 가느다란 희망에 두근거리다가 또 허망한 낚싯대를 끌어올린다 낚싯대 끝에 달아 놓았던 추억 덩어리는 사라지고 없다 차들이 도착할 때마다 물결을 일으키며 한 무리 색색의 기억들이 떠오르지만 누구도 나의 바늘에 관심을 갖지 않는다 매점에 쌓여있는 물건들이 수초처럼 흔들리면 그 손짓을 따라 몇몇의 기억들은 거기서 허기를 채우고 딱딱한 의자에서 무료해지기 시작한 나는 이제 낚싯대를 걷는다 그대를 떠올리며 달아둔 찌의 무게를 감당하지 못해 물에 잠기고 만 나를 끌어올리며 그대 잊으려 한다 너무 많은 사람들 안에서 익명이 되어버린 그대 그림자, 돌아오는 길 낚싯대 끝에는 내가 매달려 아가미

를 헉헉대고 있다

3부

바람과의 대화

탈해사 가는 길

탈해사에 가려면 수도승 되어 오래 걸어야 한다 하얗게 만발한 탱자나무처럼 마음의 가시 숲 꽃필 때까지 산모퉁이 몇 개는 돌아야 그곳에 닿을 수 있다 몇 번을 다녀왔는데도 기억만으로는 매번 길 잃고 말아 다시 또 찾게 되는 길, 발자국마다 먼지 끌고 걷다가 개울가에 앉아 물소리로 엉킨 마음의 실타래 풀고 있으면 그 길 멀리서 풍경 소리 들려온다 젖은 비늘을 털며 다가와 내 어두운 그늘에 빛을 뿌려주는 소리가 있다 고통의 끝에서 봉오리 열고 꽃이 피듯이 처마 밑에서 자신의 심장 울려 맑아지는 소리, 풍경 소리는 고요의 끝에 집을 짓고 참선하던 바람이 길 여는 소리, 그 길을 따라 물이 흐르고 그 곁에서 나는 젖는 것이다 그렇게 탈해사까지 걸어가면 점점 가벼워져 해탈에 이를 것도 같은데 아직은 풀리지 않은 몇 가닥의 실로 나는 또 속세에 묶이고 만다 다시 좁은 길을 따라 오르다 뒤돌아보면 개울의 웅덩이마다 햇빛으로 반짝이는 물비늘, 풍경에 매달려 있던 물고기가 세상으로 내려가는 모습을 볼 수가 있다

오동나무 안에 잠들다

천장을 바라보고 누워 있으면
낮 동안 바람에 흔들리던 오동나무
잎들이 하나씩 지붕 덮는 소리,
그 소리의 파장에 밀려
나는 서서히 오동나무 안으로 들어선다
평생 깊은 우물을 끌어다
제 속에 허공을 넓히던 나무
스스로 우물이 되어버린 나무,
이 늦은 가을 새벽에 나는
젖은 꿈으로 빠져드는 것이다
그때부터 잎들은 제 속으로 지며
물결로 나에게 말을 걸어온다
너도 이제 허공을 준비해야지
굳어 버린 네 마음의 심장부
파낼 수 있을 만큼 나이테를 그려 봐
삶의 뜨거운 눈물이 떨어질 때
잔잔한 파장으로 살아나는 우물,
너를 살게 하는 우물을 파는 거야

꿈에서 일어나 창문을 열면
몇 개의 잎을 발자국으로 남기고
오동나무 저기 멀리 서 있는 것이다

지도를 그리는 물

지난가을
계곡물에 떨어진 나뭇잎은
물이 가야 할 지도가 되어 있다

몸은 다 삭아 사라지고
잎맥만 남아
그 뼈마디에 새겨 놓은 길을
물이 손가락으로 짚으며 가고 있다

앞선 물이 읽은 길을
또랑또랑 뒷물에게 전해주고
그러면 뒤따르던 물이
쪼랑쪼랑 말을 이으면서
물도 어느새 소리의 지도를 그린다

가만히 앉아 듣고 있으면
어떤 소리는 산맥을 타고 넘는 듯
숨이 목까지 차 있고

또 어떤 소리는 평원을 달리듯
막힘이 없다

그 소리에 올챙이는 알에서 깨고
씨앗들은 싹을 틔운다
그래서 물소리의 지도 보고 있으면
내 속에도 막혔던 길이 열린다

구름 없는 절

눈 녹기 시작하고 마음이 질척하게 밟히던
그날, 동맥을 돌던 핏물이 뜨거워져서
심장을 쿵쿵 두드리던 날이었나 봐요
운주사에는 구름 한 점 없는 하늘이 있었지요
세속의 비밀 하나 훔쳐 달아나던 나는
하늘 밑에 숨을 곳이 없어 난감했어요
가슴에서 새어 나오는 체취를 틀어막고
어디 꽃이라도 피었으면 그 향기에 묻히고 싶어도
다른 꽃들은 아직 가지의 중심에 잠들어 있고
일주문 단청만이 꽃잎 안으로 나를 들여보내 주었지
요
그러나 그 안에서 나는 또 길을 잃었어요
하나의 구원도 이루지 못한 막막한 마음 앞에
늘어선 천불천탑, 천 갈래 길이 얽혀 있었지요
한 굽이 벗어나면 새로운 물음으로 또 막아서는
그 얼굴들 바라보다가 다시 도망치는데 숲 안에서
더 이상 벗어날 수가 없다는 것을 알았지요
그는 눈을 감고 누워서도 이미 알고 있던 거예요

내가 훔쳐 달아난 시간의 오랏줄에 묶여
새 세상에 연결되지 못할 인연들을 말이지요
그는 얼굴에 울음도 웃음도 남기지 않고 혼자서
구름 사이로 노 저어 가 버렸지요
독경 소리가 그의 발자국을 뒤따르고 있었지만
한 개의 탑도 쌓지 못한 나는 더 어두워져서
노가 일으키며 간 물결의 흔적 찾을 수 없었어요
절을 나오면서도 하늘은 너무나 맑은 날이었지요

천일장에 묵다

폐장 시간을 넘긴 후 꽃들의 집에 도착했습니다
한택식물원, 노을도 붉은 꽃으로 피더니 지고
닫혀 있는 꽃잎 앞에서 날갯짓을 접어야 했습니다
버스를 타고 백암에 어두워져 돌아와
밤이슬 피하려 들어선 천일장,
누런 이파리처럼 낡은 방에 날개 뉘었습니다
담뱃불에 구멍 난 꽃무늬들이 빈 가슴으로 들어와
거기 매운 연기 호호 불어 불을 지피고
너무 뜨거워져 찬물에 벌건 몸을 식히는 밤
어쩌자고 혼자 여기까지 날아들었는지 모르겠지만
오늘 잠들면 천 일 동안 일어나지 못할 것 같았습니다
나비가 되어 잠이 들면 다시 사람으로 깨어날까
사람으로 잠이 들면 훨훨 나비로 깨어날까
천일의 잠을 잘 때 누군가 나를 두드려 주세요
사랑의 열기와 냉기 사이 담금질 되어 단단한 몸을
있는 힘껏 쇠망치로 내려치세요 그래야 저기
부드러운 날개로 꽃들의 집 갈 수 있으니까요

무릎 꿇고서도 일어나면 꽃들 다 질 것 같아
쉽게 꿈으로 가는 길 밟지 못했습니다
바람도 멈춘 천일장에서 나만 혼자 바람이 되어
이리저리 휘날리고 있었습니다

소나무 밑에 잠들면

몸 구석구석 박힌 상처를 데리고 와
소나무 밑에 잠들면, 나무는
갈라진 껍질의 손으로 어머니가 되어준다
바늘잎 사이 바람을 순하게 풀어
헝클어진 머리를 넘기고 가는 그 뒷모습이
자장가처럼 나의 열기를 잠들게 한다
노랫결에 잠시 꿈꾸다 일어나면
상처마다 노랗게 뿌려 놓은 송홧가루와
통증의 자리 꽂혀 있는 바늘잎,
막힌 혈마다 꼼꼼히 짚어가며 소나무가
잠든 나를 치료해 놓은 것이다
누운 채로 올려다보면 하늘을 잡아당겨
잎들 윤나게 갈고 있는 소나무,
나의 환부에도 서서히 꽃이 피기 시작한다
소나무의 치유의 힘은 슬픔에 있다
오랫동안 제 속에 눈물 담아 두었다
진득하게 삭히고 나면 부러진 곳마다
맺혔다가 상처와 함께 아무는 슬픔,

그 슬픔의 향기가 오늘은
나무 밑에 잠든 나를 감싸고 있다

어떤 방생

바람의 물결 차가워지면서 나무는
잎들 쥐고 있던 손아귀 힘을 풀었다
풍경 같은 잎이 지느러미 움직이는 순간
한 무리의 맑은 소리도 뒤를 따랐다
어디로 가야 할지 잠시 멈칫하던 잎들은
나무가 제 몸에 그려 놓은 길을 읽으며
방향키를 잡았다 처음 가는 낯선 길
속도에 차이고 무게에 밟혀 눈을 감으면
생각의 회오리에 휩싸이는 놈도 있었다
그때 단풍으로 빛나던 비늘 몇 개 벗겨지고
아픈 몸으로 뒤척이기도 했지만
바람에 역행하여 헤엄치는 놈은 없었다
이 모습을 나무는 멀리 서서 바라볼 뿐
어떤 표정도 만들지 않았다 가만 보니
저기 서 있는 나무 역시 물고기였다
물빛으로 지은 비늘 하나씩 뜯어내며
나무는 계절의 마지막 여울을 통과해
윤회의 고리 한 바퀴 맺고 있었다

비늘이 떠나 버린 나무의 등뼈 깊숙이
주름으로 조용한 경전이 새겨지고 있었다

버들 방앗간

미끄러운 얼음길 걷다 보니
시장 귀퉁이 방앗간이 있다
국수틀에 뽑혀 나온 가닥들
막대기에 걸어 말리는 집,
바람은 국수 가닥 사이를 오가며
제 삶의 뼈대 다시 세운다
단단하게 밀알 익히던 힘으로
하얗게 부스러진 시간들을
길게 이어내고 있는 중이다

국수 걸대 앞에 앉아
이 씨도 담배를 피워 문다
그도 얼굴의 잔주름들 모여
몇 개의 깊은 골 만들기까지
여러 가닥의 길 빠져나왔으리라
단단해지기 위해서는
물과 함께 끈적이게 반죽 되었다가
다시 물을 떠나보내야 하듯

그는 기억 속에 몸을 담근다

잘 마른 국수 한 묶음 사 들고
나는 거기 빼곡히 들어찬
봄으로 이르는 길 헤아려본다

바람의 무늬

산길 숨차게 내려와
제 발자국마다 단풍잎 붉게 물들이는,
잎들뿐 아니라 오래도록 위태롭던
내 마음의 끝가지도 툭툭 부러뜨리는
바람은 어디로 가는 것일까

향천사 깊은 좌선 속에서
풍경은 맑은 소리로 바람을 따르고
나의 생각들도 쫓아갔다가 이내
지쳐 돌아오고 마네
이 골짜기 전설만큼이나 아득하여서
마음을 접고 서 있네 그랬더니
아주 떠난 줄 알았던 바람 다시 돌아와
이제는 은행나무를 붙잡고 흔들며
노란 쪽지들을 나에게 보내네

그 쪽지들을 펴 읽으며 나는
바람과 나무가 나누는

사랑을 알게 되었네, 가을마다
잎을 버리고 바람을 맞이하는 나무의
흔적,
나무는 깊은 살 속에
바람의 무늬 새겨 넣고 있었네
그 무늬로 제 몸 동여매고서
추운 겨울 단단히 버틴 것이네

풍경 소리가 내 마음의 골짜기에서
다시 한번 조용히 흔들리고 있었네

물의 마음

봄이 되어서야 물가에
얼음 얼었던 이유를 알겠습니다
그 시린 말로 어떤 뿌리도 적실 수 없다고
그 차가운 물살 어떤 가슴도 씻길 수 없다고
물은 저 자신을 묶어 두었던 것이지요

자갈이나 모래 사이에 숨어서
겨우내 자신의 흐름을 지켜보다가
일렁이는 결들 속에 유리처럼 날카로운
소리들 하나씩 건어 올려서
흐르지 못하도록 매어 둔 것입니다

그리하여 차가운 소리들 얼어붙고
물은 제 속을 관통하여 속으로
흘렀던 것입니다 그 소리가
어떤 날은 울음이 되기도 하고
또 어떤 날은 기다림이 되기도 했지요

저마다 목마른 봄이 되어서야
소리의 칼날 볕에 녹이며 물은
다시 세상의 뿌리들에게 말을 걸지요
봄이 오는 물가에 앉아 있으면
버들강아지 솜털로 피어나는 물의 마음과
만날 수가 있지요

가벼운 바위

여름 계곡에서 그 바위를 만났네
내 힘으로는 꿈쩍도 하지 않지만
분명 세상 무엇보다 가벼운 바위,
꽃잎 떨어져 다 마를 때까지
한 잎 한 잎 새겨진 무늬 주워서 담는
그리하여 바위는 바람처럼 가벼운
결을 가슴에 새기고 있었네
세찬 물살은 흘려보내고
조용한 물살 끌어다 그 결을 닦을 때
바위는 한마디 말도 없었네
혹시 헛소리가 새어 나올까
몸의 모든 문을 굳게 닫고 있었네
이끼가 머리를 덮을 때까지
고요한 참선 이어지고 있었네
간혹 산꿩의 갑작스런 울음에도
감은 눈썹 하나 움직이질 않았네
돌아보면 나는 너무 많은 걸 좇아
여기 무거운 마음으로 앉아 있는데

바위는 고요만을 제 속에 담아
묵중한 가벼움을 얻고 있었네

뿌리에 대한 단상

베어진 자리 속가슴 다 드러내 놓고
뿌리는 혼자 무얼 할까
거미줄처럼 짜놓은 나이테 헤아리며
진한 눈물 송진으로 흘리는지
마음대로 뻗어 가던 가지들 토막토막
제 발아래 쌓여 있는데
삐죽하게 마른 바늘잎으로 추억 한 장
지어내지 못하는 소나무

하늘에 한 발짝 더 다가서기 위해
어둠을 헤매던 뿌리는 이제
바위 깊이 흐르는 물소리에 귀 적시며
조용히 눈 감고 있겠지, 머릿속
수많은 생각의 갈래 모두 막히고
막막한 가슴으로만 듣고 있겠지

할 일 없는 바람만 가끔 기웃거리며
그 빈자리를 스치고 갈 뿐

더 이상 뿌리만으로는 나무가 아니다
그래도 마음 한구석
호박처럼 단단한 꿈 키우고 있을
뿌리의 아직 끝나지 않은 생애

풍경 소리

아득한 어둠에 누워 있으면
처마에 달려 있던 풍경들
움직이는 소리가 난다
청동으로 삭은 시간을 허물고
매끈한 물고기들 떼 지어
검푸른 나무의 물결 헤치는 소리
어둠은 물고기들 풀어놓고서
밤새 깊은 좌선에 든다
침묵 속 물결을 따라갔다가
고기들이 밤새 가서 닿는 곳
삶의 가장 깊은 모래 바닥에
무거운 껍질을 벗어 놓는다
그때 나의 가슴에 침잠해 있던
부산물도 뿌옇게 떠올랐다가
다시 조용히 가라앉는다
눈을 뜨면 바람으로 거슬러 와서
축축한 물기 털어내는 비늘

산사에
풍경 소리 가득하다

구절사에 가려면

　오래된 나무가 쓰러져 이끼의 집이 되고 시간은 썩고 썩어 바람으로 불어 가는데 나 어디로도 흐르지 못해 막막한 가슴으로 식장산 굽이진 산길에 닿았습니다 굽이굽이 아홉 굽이를 돌아야 만날 수 있다는 구절사, 그 절에 가면 마음의 빗장을 풀 수 있을까 하지만 아픈 걸음으로 헤쳐 온 길 일주문 앞에서 또 막히고 말았습니다 자신 안으로 들어서는 문 하나 만들지 못한 자에게 결코 이곳 허락할 수 없다는 듯 암캐 한 마리 이빨을 세우고, 두려움에 돌아보니 걸어왔던 길도 사라지고 없었지요 구절사 앞에서 내 안의 길 모두 길이 아니었음을 알았습니다 한 굽이 돌 때마다 나를 벗겨내면서 결국 십진수의 세계를 버려야 닿을 수 있는 곳, 양파 껍질 같은 몸을 다 벗어야 들어설 수 있는 문, 일주문을 돌아서면서 겨우 작은 허물 하나 뜯어낼 수 있었습니다

바람의 대답

진달래가 바람의 차가운 입김 앞에 흔들린다
상수리 가지가 바람의 손에 잡혀 뚝뚝 부러진다
한 땀 한 땀 푸른 옷 짓느라 몰두해 있던 소나무는
바람의 발소리에 놀라 녹슨 바늘 몇 개 떨어뜨린다
나는 좁은 산길 걷다 만난 바람에게 묻고 싶어진다
무엇이 너의 마음 날카롭게 만들어 놓았는지
뒷모습도 없는 그는 대답 대신 이마에 감기를 놓고
갔다
독한 마음 아니면 꽃 한 송이 피울 수 없다고
언 마음 풀기 위해선 얼음으로 더 담금질해야 한다고
바람이 거쳐 갔을 샛길을 돌아 한참을 걸으니
나무도 꽃도 그가 전해 준 대답에 몸 뒤척이며
아픈 잎들을 몸 밖으로 밀어내고 있었다

봄이 보내온 편지

참새들 담벼락 위에 종알대다가
바람 타고 어디론가 사라진 뒤
우체부 오토바이 소리에 나가 보니
우편함 가득 환하게 쌓여 있는
햇. 살. 들.

4부
다시 일어서는 사람

감자의 몸

감자를 깎다 보면 칼이 비껴가는
움푹한 웅덩이와 만난다
그곳이 감자가 세상을 만난 흔적이다
그 홈에 몸 맞췄을 돌멩이의 기억을
감자는 버리지 못하는 것이다
벼랑의 억센 뿌리들처럼 마음 단단히 먹으면
돌 하나 깨부수는 것 어렵지 않았으리라
그러나 뜨거운 하지의 태양에 잎 시들면서도
작은 돌 하나도 생명이라는
뿌리의 그 마음 마르지 않았다
세상 어떤 자리도 빌려서 살아가는 것일 뿐
자신의 소유는 없다는 것을 감자의 몸은
어두운 땅속에서 깨달은 것이다
그러고 보니 그 웅덩이 속에
씨눈이 하나 옹글게 맺혀 있다
다시 세상에 탯줄 댈 씨눈이
옛 기억을 간직한 배꼽처럼 불거져 있다
모르는 사람들은 독을 가득 품은 것들이라고

시퍼런 칼날을 들이댈 것이다

늦게 피운 꽃

　동백 화분을 하나 들여놓고서 봄이 다 가도록 앓았습니다 가벼운 기침을 하면서 나무 곁을 서성이곤 하였습니다 빗방울은 봄을 불러다 마음속에 아지랑이를 피워 놓고서 어디 머나먼 곳으로 달아나 돌아오지 않았습니다

　오래 맺혀 있던 꽃망울까지 하나둘 투둑, 놓아 버리는 가지 끝 손들, 희망보다 절망이 절실한 때가 있음을 그 나무는 깨닫고 있었나 봅니다 나는 마른 가지들 꺾으며 그속에 물든 그늘까지 솎아내고 싶었지만 그늘은 나무를 지탱하는 유일한 힘인 듯 보였습니다

　봄이 다 지날 즈음에서야 빗방울은 하나씩 다시 떨어져 불덩이처럼 뜨거운 동백의 이마를 짚어 주었습니다 그때서야 그늘이 품고 있던 꽃 하나 겨우 피었습니다 그리고 며칠 뒤 동백나무는 이제 되었다, 속삭이면서 꽃잎을 통째로 떨어뜨리고 말았습니다

닭장 속의 닭처럼

이제는 갇혀 사는 것에 익숙해 있다
그림자 끌고 다니다 하루가 가면
어두운 꿈 밖에도 보초 하나 세워 두고
나는 잠에 든다, 홍도 동사무소 건너편
닭장 속의 닭처럼 울음도 잊은 지 오래
먹이에 길들여진 시간이 깨울 때까지
나는 윤기 잃은 깃털을 덮고 구석에
웅크리고 자리라, 새벽 늦게 발자국들이
나의 꿈자리를 밟고 다가와 드르럭
철문을 열기도 한다, 그때마다 옆에 누웠던
지친 그림자 하나씩 데리고 간다
이미 나는 더 빼앗길 것이 없으므로
잠꼬대처럼 뒤척이고 말 뿐 깨지 않는다
그러나 어떤 날은 새하얀 무정란을 품고
앓기도 하였다, 나는 살아 있는 것인지
툭툭 나의 껍질 두드려 보기도 하였다

소리의 무덤

터널이 생기면서 산은 소음이 묻히는
무덤으로 변해 있었다
기압이 다른 것으로 보아
세상의 것이 잠드는 곳은 아닌데
사람들은 저마다 바퀴가 달리 관을 끌고 와
이곳에 소음을 유기해 놓고 갔다

그래서 여기는 소리의 영혼이
편히 잠들지도 못하고 헤매는 무덤,
타일 조각으로 그려 놓은 벽화를 보며
새벽녘 잠깐 단조로운 꿈을 꾸다 일어나면
소리들은 이제 꿈도 포기한 채
만신창이 몸을 눕히리라

벽면의 불빛들이 어둠마저 도굴해 가버린
그 무덤 속에 들어서면서
나는 잠시 귀를 닫고 눈을 감는다
그러면 순간 소리 드나들던 고막이 닫히고

달팽이관에 갇혀 버린 소리들만이 윙,
방향을 잃고 귓속을 맴도는 것이다

산을 멀리 뒤에 두고 나와서도
마음의 터널을 벗어나지 못해
닫힌 고막을 두드리는 나는 서 있다

마늘처럼 맵게

생각 없이 마늘을 찧다가
독한 놈이라고, 남의 눈에 들어가
눈물 쏙 빼내고 마는 매운 놈이라고
욕하지 말았어야 했다

단단한 알몸 하나 지키기 위해
얇은 투명막 하나로 버티며 살아온
너의 삶에 대해서도 생각했어야 했다

싹도 틔우지 못한 채 칼자루 밑에
닭살처럼 소름 돋은 통 속에서
짓이겨진 너의 최후를 떠올려야 했다

맨주먹 하나로 버텨온 너도 있는데
기껏 이 눈물 한 방울이 뭐라고
누구를 욕하고 있단 말인가

독하면 독할수록 맛이 나는 게

그런 게 삶이 아닌가, 저 마늘처럼
모든 껍질 벗겨지고 난 뒤에도
매운 오기로 버티는 게 삶이 아닌가

일곱 살

마루에 앉아 있으면 대문 뒤에서
노을이 밀려오고 있었다
그 불꽃을 헤집고 양계장에서
늙은 누이가 지쳐 돌아오고
몇 개의 달걀을 꺼내 놓으며
무정란 같은 하루가 어둠에
갇히는 것이었다 그러면 나는
구구단이 새겨진 책받침을 들고나와
더듬더듬 내가 보낸 시간들을 돌아
때로 떠오르지 않는 해답 속에서
얼어붙곤 하였다 그때
어둠을 끌고 어머니가 돌아오고
세숫대야에 씻어 낸 그녀의 하루는
검게 출렁거렸다
머리에 꽂히는 햇살과 함께
밭이랑 헤매고 다녔을 얼굴에
금세 잡풀의 그림자 자라고 있었다
늦은 저녁을 먹으면서도

누구 하나 말을 하지 않았다
말을 꺼내면 그게 한숨이 된다는 걸
모두가 알고 있었다
그리하여 일곱 살 나의 가슴에
추억으로 덮어놓고 아직 깨뜨리지 못한
달걀 하나가 놓이게 되었다

바지락 맛을 잃다

소금물에 담가둔 바지락들이
꾸역꾸역 해감을 뱉고 있다
갯벌 기던 바다의 기억을 오늘
육지의 식탁 앞에 토하고 있다
제 삶의 맛을 단단한 껍질 속에
채우며 걷던 부드러운 혀,
몸이 혀 하나로 이루어진 듯
맛을 찾아 기며 그려내던 길,
마음 오가는 파도로 지우고 있다
모래 알갱이 사이에 마련했던
하루하루의 집들, 그 비좁던
안식도 허물어지고 있으리라
생각해 보면 나는
바지락을 통해 바다를 맛보려는
욕심을 갖고 있던 것이다
그리하여 바지락들 뱉어낸 해감이
서서히 나를 채우고 있다
나는 내일 아침이면 맛을 잃은

질긴 살점들 씹고 있을 것이다

실업의 날들

옥탑방으로 이사 와서 나는 끝내 감금되었다 옥외 계단을 따라 내려가면 세상의 길과 맞닿은 문이 있었지만 어디로도 갈 수 없어 나는 스스로 문을 닫았다 머리 안에는 때아닌 저기압 전선과 함께 늘 먹구름이 지나고 있었으므로 모든 창을 닫고서도 축축했다 가끔 번개처럼 번쩍이는 생각들이 끊어주는 외출증을 들고 현관으로 발걸음을 옮겨보기도 했지만 오래 버려둔 신발은 걸음을 잊은 상태였다 개미들이 줄지어 먹다 흘린 빵 부스러기를 나르고 나는 갉아먹다 버린 그림자를 들고 다시 방으로 들어왔다 문밖에서 시간의 간수가 철커덕 자물쇠를 채우고 갔다

희망에 부딪혀 죽다

월요일 식당 바닥을 청소하며
불빛이 희망이라고 했던 사람의 말
믿지 않기로 했다 어젯밤
형광등에 몰려들던 날벌레들이
오늘 탁자에, 바닥에 누워 있지 않은가
제 날개 부러지는 줄도 모르고
속이 까맣게 그을리는 줄도 모르고
불빛으로 뛰어들던 왜소한 몸들,
신문에는 복권의 벼락을 기다리던
사내의 자살 기사가 실렸다 어쩌면
저 벌레들도 짜릿한 감전을 꿈꾸며
짧은 삶 걸었을지도 모를 일,
그러나 얇은 날개를 가진 사람들에게
희망은 얼마나 큰 수렁이던가
쓰레받기에 벌레의 잔재 담고 있자니
아직 꿈틀대는 숨소리가 들린다
저 단말마의 의식이 나를 이끌어
마음에 다시 불 지르면 어쩌나

타고 없는 날개 흔적을 지우려고 나는
빗자루를 더 빨리 움직였다

길 잃은 사람

공사현장 모래 더미에 누워 있는 그는
오아시스를 꿈꾸는 낙타였다
물기 없는 얼굴의 먼지를 털고
짧은 잠을 즐기는 식후의 시간,
어젯밤의 취기가 다시 도는 것인지
깨진 소주병처럼 그의 입에서는
쓴웃음이 배어 나왔다
각목 위에 벗어둔 목장갑과 한가지로
굳은살 딱딱하게 코팅된 손바닥
손금은 어디에 가 묻혀 있는지,
오랜 시간의 모래폭풍이 그치고 나면
외벽으로 금이 가듯 나타날는지,
그의 잠은 콘크리트처럼 굳어 가고
태양은 더 뜨겁게 사막을 달궈놓았다

벌을 본다

한때 벌들은 왕국의 가난한 병사들이라고 생각한 적이 있다 몸에 끼는 다세대 주택의 방에서 밤을 보내고 아침 일찍 시작되는 날갯짓, 수만 번의 날갯짓이 만들어낸 달콤한 꿀을 조세로 바치고 나면 남는 것은 독기 가득한 침뿐이라고, 그 침으로 밤새 아픈 허리 스스로 다스리며 잠이 들 거라고 추측한 것이다 그래 여왕벌이 비대해질수록 그들의 허리는 더 가늘어져 겨울이면 날개 접는 거라 생각했었다 그런데 오늘 봄의 바람을 따라온 그를 보면서 생각을 바꾼다 작은 화분에 날아와 꽃가루를 묻힌 날개를 보며, 아니 꽃가루보다 환한 햇살을 부채질하는 그 날개를 본 후였다 좁은 방의 애벌레들에게 날개 달아준 꽃의 향기와 어울려 숨 가쁘게 춤추는 아지랑이, 그들이 만들어내는 것은 눈물방울처럼 맺히곤 하던 꿀이 전부가 아니었음을, 윙윙 모터 돌아가는 소리로 엮어내고 있는 것은 세상의 봄이었다는 것을, 나는 오래도록 창가에 앉아 벌의 날개 끝에 쏟아져 나오는 봄을 바라보고 있었다

자위

　그녀에게 편지를 썼고 한 번 떠난 편지는 되돌아오지
않았다 편지를 쓰면서 혼자 즐거웠고 돌아오지 않는 답장
을 기다리며 혼자 막막해졌다

침묵의 집

이혜원 문학평론가

> 집이란 세계 안의 우리들의 구석인 것이다. 집이란,
> 흔히들 말했지만 우리들의 최초의 세계이다. 그것은
> 정녕 하나의 우주이다. 우주라는 말의 모든 뜻으로 우
> 주이다.
>
> —가스통 바슐라르

길상호의 시에서 '집'은 가장 지배적인 이미지를 형
성하고 있다. 시집 전체가 쓸쓸한 삶과 고독의 내면을
반영하는 '빈집'의 적막한 이미지로 가득하다. 그의 시
에서 집은 바슐라르가 "그것은 정녕 하나의 우주이다"
라고 했을 때의 통합된 세계의 의미를 갖는다. 집에 관
한 상상력 속에 삶에 대한 전체적인 통찰력이 드러난
다. 그러나 그의 시에서 집은 바슐라르가 찬탄하는 행
복하고 충만한 거소가 아니라, 텅 비어 침잠해 있는 공
허에 가깝다. 한없이 쓸쓸한 빈집의 이미지는 적요하고
결핍된 삶을 투영한다.

그의 시에서도 집은 기억의 뿌리에 닿는 원초적 장소

이다. 집의 기억 속에서 삶의 구체적인 실감이 살아난
다. 집은 기억을 이끌고 과거를 되살리는 근원적 동력이
다.

> 어디로 이어졌는지 아직 다 걸어보지 못한
> 골목들은 거기 감자처럼 달려 있는 집의 뿌리였다
> 이제야 알게 된 것이지만 골목은
> 기쁨과 슬픔을 실어 나르던 체관과 물관이었다
> 다 허물어져 알아볼 수도 없는 이 집에 들어
> 대문을 열고 드나들었을 사람들 떠올려보면
> 지금은 떨어져 버린 기쁨과 슬픔의 열매가 보인다
>
> ―「집들의 뿌리」부분

시인을 집으로 이끄는 것은 자연적이고 유기체적인
인력에 가깝다. 식물의 잎과 줄기가 물과 양분의 저장
소인 뿌리에 의지하듯이 그의 삶은 그 바탕인 집의 기
억과 깊숙이 연결되어 있다. 이 시에서 표현하고 있듯
이 근원적인 기억 속의 집은 뿌리와 뿌리로 연결되어
숨 쉬는 유기체적인 공간이다. 이 시에서 골목은 식물
의 뿌리처럼 집과 집을 연결하며 삶의 유대를 형성하
는 고리이다. 골목은 집에 이르게 하는 기억의 통로이

다. 골목에 빨려 들어가 허물어진 집에 이르면 기쁨과
슬픔이 얼룩진 온갖 자취들이 살아난다. 시인을 따라
오래전 집의 기억으로 들어가 보자.

마루에 앉아 있으면 대문 뒤에서
노을이 밀려오고 있었다
그 불꽃을 헤집고 양계장에서
늙은 누이가 지쳐 돌아오고
몇 개의 달걀을 꺼내 놓으며
무정란 같은 하루가 어둠에
갇히는 것이었다 그러면 나는
구구단이 새겨진 책받침을 들고나와
더듬더듬 내가 보낸 시간들을 돌아
때로 떠오르지 않는 해답 속에서
얼어붙곤 하였다 그때
어둠을 끌고 어머니가 돌아오고
세숫대야에 씻어 낸 그녀의 하루는
검게 출렁거렸다
머리에 꽂히는 햇살과 함께
밭이랑 헤매고 다녔을 얼굴에
금세 잡풀의 그림자 자라고 있었다
늦은 저녁을 먹으면서도

누구 하나 말을 하지 않았다
말을 꺼내면 그게 한숨이 된다는 걸
모두가 알고 있었다
그리하여 일곱 살 나의 가슴에
추억으로 덮어놓고 아직 깨뜨리지 못한
달걀 하나가 놓이게 되었다

—「일곱 살」 전문

누구에게나 유난히 선명하게 각인되어 있는 어린 시절의 기억이 있다. 이 시에서 그려지는 풍경도 그렇게 결정적으로 작용하는 기억의 흔적일 것이다. 시 속에서 아버지는 등장하지 않는다. 이 시에서 가장 핵심적인 시어라 할 수 있는 '무정란'이라는 말도 아버지가 부재하는 상황과 무관하지 않을 것이다. 아버지가 비어 있는 자리에 '늙은 누이'와 '지친 어머니'가 있다.

양계장에서 지쳐 돌아오는 늙은 누이의 삶은 그녀가 꺼내놓는 무정란과 다르지 않다. 더 어두워져야 돌아오는 어머니도 고달픈 삶으로 인해 그늘이 가득하다. 온 가족이 모여도 침묵만이 가득한 적막한 집의 풍경이다. 이 헤아릴 길 없는 삶의 무게를 견디기 위해 어린 '나'는 구구단이 새겨진 책받침을 들고서 속절없이 시간을 보낼 뿐이다. 서로 간에 소통조차 힘겨운, 침묵이 한숨을 막아주는 막막한 정황이 실감 나게 그려진다. 가장 가까운 가족들 사이에서도 소통이 불가능한 무정란 같은 삭막한 삶이 기억의 중심을 차지하고 있다. 이때의 깨뜨리기 힘든 절대적인 침묵의 느낌은 달걀이라는 구체적인 물질의 이미지로 압축된다. 달걀은 깨뜨리기 쉬우나 깨뜨리기 전에는 저만의 세계를 이루며 폐쇄돼 있는 물질이다. 이 시에서 저마다 부화되지 못하는 꿈을 안고 침묵을 견디고 있는 가족들마다의 고립감은 무정란이라는 절묘한 비유로 표현된다.

'나'는 이후로도 줄곧 폐쇄적이고 고립된 자아의 상태에 머문 것으로 드러난다. 「닭장 속의 닭처럼」에서 그는 "이제는 갇혀 사는 것에 익숙해 있다"는 진술에 이어 "닭장 속의 닭처럼 울음도 잊은 지 오래/먹이에 길들여진 시간이 깨울 때까지/나는 윤기 잃은 깃털을 덮고 구석에/웅크리고 자리라"하여 여전히 무기력한 단절의 상태에 놓여 있다. '닭장 속의 닭'은 '무정란'에 이어지는 폐쇄적 자아의 상징이다. 외부와 절연된 채 고립되어가는 자아에게는 미래 역시 닫혀 있다.

"어떤 날은 새하얀 무정란을 품고/앓기도 하였다, 나는 살아 있는 것인지/툭툭 나의 껍질을 두드려 보기도 하였다"에서처럼 그에게는 부화될 수 없는 무정란의 꿈과 답답한 현실이 가로놓여 있을 뿐이다. 「실업의 날들」에서도 감금의 이미지는 더욱 구체화된다. "옥탑방으로 이사 와서 나는 끝내 감금되었다 옥외 계단을 따라 내려가면 세상의 길과 맞닿은 문이 있었지만 어디로도 갈 수 없어 나는 스스로 문을 닫았다"에서 단적으로 드러나는 폐쇄적인 공간의 이미지는 그가 처한 막막한 현실과 일치한다. '옥탑방'은 '무정란'과 같이 부화될 수 없는 꿈과 폐쇄적 삶을 대변하는 사회적 기표이다.

이처럼 시적 자아에게 지배적인 공간은 소통이 단절된 무기력한 고립의 상태에 가까운 '침묵의 집'이다. 그의 시에서 침묵이라는 절대적이고 무한한 시간은 구체적이고 내밀하게 공간화된다. 그것이 얼마나 깨뜨리기 힘들고 벗어나기 힘든 상태인지를 드러내는 다양한 비유들이 실감을 형성한다.

또한 '침묵의 집'의 이미지는 시적 자아의 내밀한 체험을 넘어서는 보편적 삶의 상징으로 나타난다. 그의 시에서 집의 주된 이미지는 '빈집'으로 그려진다.

> 빈집의 적막을 배운 탓일까
> 집 주인 발자국 따라나섰다
> 먼 꿈길 돌아오지 못하는 걸까
> 나의 기다림도 흙에 묻고 물 뿌리면

잡념만 파랗게 돋고
어느덧 나도 내가 버린 빈집이 된다

—「나팔꽃 씨를 묻어 놓고」부분

장마가 지고 또다시 물속에 갇히게 될 마을, 그래
도 아픈 상처마다 메꽃 줄기가 덮여 있었습니다
그 조그만 잎사귀들이 상처의 자리 손을 뻗어 어루
만지며 가끔 꽃망울로 울음 터뜨리고 있었습니다

—「수몰 지구」부분

가끔 풀잎 사이 냉이꽃 피어 있어도
소리 없는 풍경은 쓸쓸하다
울음과 웃음 뒤엉켜
왁자지껄 노래하는 사람 없을까
사람 없는 집에서 문패를 보며
떠나간 이름이 몹시 그립다

—「사람 없는 집 2」부분

현실의 집은 기억 속의 집과도 다르게 텅 비어 사람

이 살지 않는다. 재개발지역이나 수몰 지구가 되어 더 이상 사람이 살 수 없는 불모의 땅과 빈집에 대한 시인의 안타까움은 각별하다. 그런 빈집의 곳곳을 누비며 삶의 아련한 자취를 더듬고 추억한다. "그래도 그게 다가 아니라고 나무가 제 속에 세월 그려 넣듯이 무언가 남는 게 있을 거라고"(「사람 없는 집」) 믿고 있기 때문이다. 울음과 웃음이 가득했던 집들은 그러한 시간의 기억을 간직하고 있으리라는 것이다.

시인에게 집은 모든 꿈과 추억을 통합하는 삶의 집결체이다. 울음과 웃음이 가득한 채로 삶의 근거가 되어야 할 집들이 텅 비어 인적이 끊긴 상태는 현실의 불모성을 드러내는 것이다. 「나팔꽃 씨를 묻어 놓고」에서처럼 잡초만 돋고 꽃을 피우지 못하는 씨앗은 빈집의 불모성을 수식한다. 사람의 자취가 사라진 터전은 희망을 싹틔울 수 없는 황무지와 같은 것이다.

수몰 지구의 광경은 삶의 뿌리로서의 집이 훼손되어 있는 현실의 상징이다. 물속에서 모습을 드러낸 마을은 삶의 자취들이 파편처럼 남아 있는 과거의 공간이다. 그것은 사람 없는 집의 문패처럼 아련하고 애틋한 정서를 자아낸다. 다시 물이 차면 고스란히 물속에 잠기게 될 이곳은 기억의 저편으로 버려진 삶의 뿌리이다. 수몰 지구의 상처를 어루만지고 있는 메꽃 줄기는 뿌리가 사라진 삶의 자취에 대한 시인 자신의 그리움을 투영한 것이다. 빈집에 대한 기억이나 그리움마저도 사라진다면 그것은 곧 한 세계의 소멸을 의미한다. 또한 그 집과 관련된 '나'의 존재도 사라지게 된다. 그리하여 "어느덧 나도 내가 버린 빈집이 된다".

빈집의 기억을 되살리고 그리워하는 것은 그것이 곧 삶의 자취이고 존재의 증거이기 때문이다. 고통스럽거나 슬픈 기억들 역시 삶을 구성하는 절대적인 가치이다. 무의미해 보이는 반복적이고 지루한 일상도 마찬가지이다. 시적 자아의 삶이 무정란 같은 것처럼 시집에 등장하는 거의 모든 사람들의 삶이 속절없고 허무하다.

이 시집의 등장인물들은 대부분 노인이나 여자들이다. 특별한 삶의 목표도 성취도 없어 보이는 그들에게 유일한 삶의 증명은 지독히도 반복적인 일상이다.「그녀의 실 감기」에 등장하는 '그녀'는 자신이 지나온 세월만큼 하염없이 실을 감고,「곶감을 깎는 일」의 여자들은 전생에의 기억처럼 길게 곶감을 깎는다.「나무의 결을 더듬다」에서 수제비 반죽을 떼어내는 나무 주걱은 하염없는 세월만큼 닳아 있다. 그러나 바로 이런 지루한 일상이야말로 삶을 지속시키고 기억을 밝히는 시간이다.

시인에게 삶은 묵묵히 견디며 살아내야 하는 어떤 것이다. 많은 시에서 자연은 인간적인 삶과 겹쳐지면서 인고의 가치를 드러낸다.

> 지난 세월 잘도 견뎌냈구나
> 말복 지나 처서 되어 털갈이 시작하던
> 강아지풀, 제대로 짖어 보지도 못하고
> 벙어리마냥 혼자 흔들리며 잘도 버텨냈구나
> 외딴 폐가 들러 주는 사람도 없고
> 한 움큼 빠져 그나마 먼지 푸석한 털
> 누가 한 번 보듬어 주랴, 눈길이나 주랴
> 슬픔은 슬픔대로 혼자 짊어지고
> 기쁨은 기쁨대로 혼자 웃어넘길 일
> 무리 지어 휘몰려 가는 바람 속에
> 그저 단단히 뿌리박을 뿐, 너에게는
> 꽃다운 꽃도 없구나
> 끌어올릴 꿈도 이제 없구나
> 지금은 지붕마다 하얗게 눈이 내리고
> 처마 끝 줄줄이 고드름 자라는 계절
> 빈집에는 세월도 잠깐 쉬고 있는 듯
> 아무런 기척 없는데 너희만 서로
> 얼굴 비비며 마음 다독이고 있구나

언 날이 있으면 풀릴 날도 있다고
말없이 눈짓으로 이야기하고 있구나
어느새 눈은 꽃잎으로 떨어져
강아지풀, 모두 눈꽃이 된다

— 「강아지풀」 전문

길상호 시의 주된 표현기교인 비유는 수사의 차원을 넘어서 삶의 통찰과 깊이 있게 연결된다. 이 시에서는 강아지풀에 대한 사실적 묘사와 재치 있는 비유, 뜻깊은 상징이 조화를 이루고 있다. '강아지풀'과 '강아지', '꽃잎'과 '눈꽃'의 절묘한 병치는 단순한 언어유희 이상의 인식론적 발견을 보여준다. 이 시에서 '강아지풀'은 빈집을 지켜주는 주체로 '강아지'의 내포적 의미를 자연스럽게 확장한다. 외딴 폐가에 돋아나 저 혼자 피고 지는 강아지풀의 생태는 강아지의 본성과 대비되어 더욱 안쓰럽고 애처롭게 그려진다. 꽃다운 꽃도 없고 끌어올릴 꿈도 없이 그저 견디고 있는 강아지풀은 무정란 같은 시적 자아를 연상시키기도 한다.

이 시가 정감 넘치는 대화체로 쓰인 것도 일종의 동류의식, 즉 외롭고 힘겹게 삶을 유지하고 있는, '침묵의 집'의 거주자로서의 동질감을 반영하는 것이리라. 그렇지만 강아지풀의 삶은 한결 굳건하고 희망적이다. 저희끼리 서로 의지하고 살며, 언 날이 있으면 풀릴 날도 있다는 확신을 가지고 있기 때문이다. 이는 곧 인간과 대비되는 자연의 특징이기도 하다. 자연은 순환적인 질서 속에서 견인의 가치를 발현한다. 그리하여 눈의 꽃잎을 받은 강아지풀은 눈꽃의 환희, 즉 삶의 종결이 아닌 보상의 기쁨을 누릴 수 있는 것이다.

자연에서 견인의 시간은 삶의 영광스러운 자취라는 인식은 시집의 곳곳에서 드러난다. "나무는 깊은 살 속에/바람의 무늬 새겨 넣고 있었네/그 무늬로 제 몸 동여매고서/추운 겨울 단단히 버틴 것이네"(「바람의 무늬」), "평생 깊은 우물을 끌어다/제 속에 허공을 넓히던 나무/스스로 우물이 되어버린 나무"(「오동나무 안에 잠들다」) 등 많은 시에서 자연물은 지속적이고 강인한 인고의 시간을 거쳐 삶을 완성하는 것으로 그려진다.

이렇게 본성을 발견하고 견인하면서 궁극적 삶에 이르는 길은 깨달음의 과정과도 흡사하다. 언뜻언뜻 해탈의 경지를 드러내 보이는 시들이 있는데, 그것은 혹독한 고통과 도독을 견딘 자연물로 형상화된다. "나무는 계절의 마지막 여울을 통과해/윤회의 고리 한 바퀴 맺고 있었다/비늘이 떠나 버린 나무의 등뼈 깊숙이/주름으로 조용한 경전이 새겨지고 있었다"(「어떤 방생」)에서 나무는 힘겨운 계절과 고통스러운 탈각의 과정 속에서 자신을 승화시킨다. "바위는 고요만을 제 속에 담아/묵중한 가벼움을 얻고 있었네"(「가벼운 바위」)에서 바위는 절대 고독을 향한 견인의 시간을 통해 자신의 무거움을 벗어던지는 새로운 차원에 이르고 있다.

시인에게 삶이란 결국 지루하고 힘겨운 시간을 견디는 일과 다르지 않다. 고독의 시간을 버티고 고통스러운 삶을 통과해가면서 종착점에 이르게 되는 것이다. 그런 의미에서 이 시집에서 인상 깊게 각인시킨 '침묵의 집'은 곧 삶에 대한 보편적 상징이 될 수 있다. 첩첩이 쌓인 아파트에서 살고 있어도 우리의 내면에는 저마다 '침묵의 집'이 자리 잡고 있다. 우리의 삶은 안온하고 충만한 집의 기억으로부터 너무나 멀어져 있다. 집의 뿌리가 제거되어 상자곽과 다를 바 없는 삭막한 현실의 집이 안락한 거처를 제공하는 집의 가치를 망각하게 한다.

현대적인 집의 비정함에 경악하면서 바슐라르가 제안한 방식은 소음의 한가운데에서도 몽상하라는 것이다. 도시의 소음으로 인해 잠들 수 없다면 자동차의 굉음에 대양大洋의 메타포를 떠올리고 이웃집의 망치질 소리에서 딱따구리 소리를 상상하라는 것이다. 시인 역시 이와 비슷하게 마음의 집을 짓는 방법을 이야기한다.

「그 노인이 지은 집」은 '침묵의 집'을 개조할 수 있는 상상의 설계도이다. "그는 황량했던 마음을 다져 그 속에 집을 짓기 시작했다/먼저 집 크기에 맞춰 단단한 바탕의 주춧돌 심고/세월에 알맞은 나이테의 소나무 기둥을 세웠다/(……)/그는 이제 사람과 바람의 출입구마다 준비해 둔 문을 달았다/가로 세로의 문살이 슬픔과 기쁨의 지점에서 만나 틀을 이루고/하얀 창호지가 팽팽하게 서로를 당기고 있는,/불 켜질 때마다 다시 피어나라고 봉숭아 마른 꽃잎도 넣어둔/문까지 달고 그는 집 한 바퀴를 둘러보았다"에서처럼 단단하고 아담한 집을 짓고 사람과 바람이 드나들 수 있는 문도 만들어야 한다. '문'은 폐쇄적인 집을 개방된 공간으로 변화시킬 수 있는 결정적인 요소이다. 문을 통해 침묵의 집은 소통이 가능한 자유로운 공간이 된다. 이렇게 완성된 집으로 하얗게 바랜 노인이 편안히 들어선다. 이 집은 아마도 그의 삶을 엮어서 지은 필생의 집일 것이다. 이는 각자의 삶에서 한 채씩 지닐 영혼의 집이기도 하다.

시인은 우리의 생애와도 맞먹는 이 집의 내밀한 가치를 드러낸다. 침묵의 깊이와 견인의 시간으로 완성되는 삶의 자취를 섬세하게 구현한다. 건축적인 구조로 꽉 짜인 시의 형식들도 그의 남다른 조형력을 반증한다.

잊혀져가는 빈집의 가치를 되살리는 그의 견고한 작업
은 속도와 편의의 원칙에 휩쓸려 잊혀가는 존재의 뿌리
를 찾아가는 일이다.

오동나무 안에 잠들다

2018년 9월 14일 1판 1쇄 펴냄

지은이	최치언
펴낸이	김성규
책임편집	조혜주
디자인	진다솜
펴낸곳	걷는사람
주소	서울 마포구 월드컵로 16길 51 서교자이빌 304호
전화	02 323 2602
팩스	02 323 2603
등록	2016년 11월 18일 제25100-2016-000083호

ISBN 979-11-89128-12-8 04810

ISBN 979-11-89128-08-1 (세트) 04810